LE RO...
DES JOYA...

La princesse Saphir
et le monstre

LE ROYAUME DES JOYAUX

La princesse Saphir et le monstre

Jahnna N. Malcolm

Illustrations de Neal McPheeters

Texte français de Dominique Chauveau

Les éditions Scholastic

Données de catalogage avant publication (Canada)

Malcolm, Jahnna N.
La princesse Saphir et le monstre

Traduction de : The Saphire princess meets a monster.
ISBN 0-439-00408-X

I.McPheeters, Neal. II. Chauveau, Dominique. III.

PZ23.M3485Pr 1998 j813'. 54 C98-930942-8

Pour toute information concernant les droits, s'adresser à Scholastic Inc.,
555 Broadway, New York, NY 10012.

Copyright © Jahnna Beecham et Malcolm Hillgartner, 1997, pour le texte.
Copyright © Les éditions Scholastic, 1998, pour le texte français. Tous droits réservés.

Édition publiée par Les éditions Scholastic, 175, Hillmount Road,
Markham (Ontario) Canada, L6C 1Z7.

5 4 3 2 1   Imprimé aux Canada   8 9 / 9 0 1 2 3 4 / 0

Conception graphique de Elizabeth B. Parisi

Pour Karen Kay Cody
et la princesse Gemma

LE ROYAUME DES JOYAUX

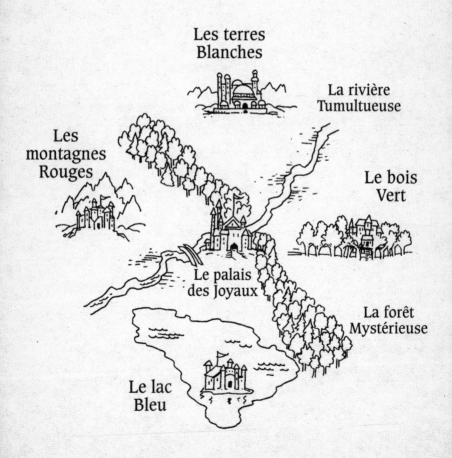

Les terres
Blanches

La rivière
Tumultueuse

Les
montagnes
Rouges

Le bois
Vert

Le palais
des Joyaux

La forêt
Mystérieuse

Le lac
Bleu

Le cadeau en or

 — Quelle journée magnifique pour un pique-nique! s'exclame la princesse Sabine tandis qu'elle glisse sur le lac Bleu à bord de son bateau en feuille de laurier.

Gurt, une sorte de grenouille verte, est installé derrière elle et pagaie. En plus d'être le fidèle serviteur de la princesse Saphir, il est aussi un de ses amis les plus précieux.

— Ma chère princesse, s'écrie-t-il de sa voix grave, cet après-midi exceptionnel est à la hauteur de votre cadeau en or.

Le matin, un mystérieux panier en or a été déposé aux portes du palais de la princesse Saphir. Un petit mot y était joint : *À la princesse Saphir. Signé, un admirateur secret.*

Le panier contenait du pain, du fromage et du chocolat, tous enveloppés dans du tissu doré noué de rubans bleu saphir.

La princesse Saphir, ravie d'un tel cadeau, a aussitôt invité ses trois sœurs à un pique-nique.

Diane, la princesse Diamant, et Émilie, la princesse Émeraude, sont arrivées. Il ne manque plus que la princesse Rubis. En l'attendant, les trois sœurs traversent le lac en direction des chutes du Bonnet bleu.

— Faisons la course! suggère Sabine à la princesse Émeraude qui pagaie agenouillée sur une grande feuille de nénuphar.

— Quand tu voudras, répond celle-ci en

faisant glisser son bateau à côté de celui de Sabine. J'attends le signal du départ.

Émilie est la plus athlétique des quatre princesses du royaume des Joyaux. Régnant sur le domaine du bois Vert, elle passe ses journées à grimper aux arbres et à chevaucher à travers la forêt luxuriante.

Diane, la princesse Diamant, installée sur son bateau de gardénias blancs, se glisse entre ses sœurs. Elle règne sur le domaine des terres Blanches et est toujours vêtue de blanc immaculé.

— Nous devrions attendre Roxanne, déclare-t-elle. Ne devait-elle pas venir?

— Tu sais bien que Roxanne est toujours en retard, fait remarquer Émilie en fronçant les sourcils. Si nous l'attendons, le soleil sera couché avant d'avoir commencé à pique-niquer.

Sabine scrute la rive de ses grands yeux

bleus. Elle n'y voit aucun signe de sa sœur Roxanne.

— Je suis d'accord avec Émilie, déclare-t-elle en rejetant ses longs cheveux blonds pardessus son épaule. Faisons la course!

— Non, non et non! s'écrie un papillon jaune et rose, en se posant sur le doigt de Sabine. C'est Zazz, le conseiller du palais de la princesse Sabine et son meilleur ami.

— Princesse, si vous faites la course avec ce bateau, vous perdrez... ou vous coulerez. Regardez ce que vous transportez : Gurt, ce lourd panier en or, les nappes, les serviettes et toute la vaisselle royale.

— Je n'ai qu'à prendre un autre bateau, alors, décide la princesse. Tu ne sais pas où je peux en trouver un?

— Je vais faire appel aux nymphes, annonce Zazz en quittant son perchoir. Elles amèneront un bateau de feuille sans tarder.

— Non, ne fais pas ça! ordonne Émilie. Sabine, saute plutôt sur mon nénuphar. Nous courrons ensemble contre Diane.

Sabine se lève pour sauter sur le bateau d'Émilie, mais quelque chose la tire par le bras. Lorsqu'elle se retourne, elle ne voit rien d'autre que Gurt qui pagaie calmement. Son regard s'attarde sur le mystérieux panier en or qui brille au soleil.

— Allez, Sabine, crie Émilie. Saute!

Avant que Sabine fasse un geste, le panier s'agite à l'avant du bateau et bondit dans ses mains.

— Tu as vu? demande Émilie à Diane.

— Je n'aime pas ça du tout, répond Diane en secouant son épaisse tresse brune. À mon avis, tu ne devrais pas garder ce panier. Tu ne sais pas d'où il provient.

— Cesse donc de te tracasser ainsi! fait Sabine en regardant le panier en or. C'est un cadeau magique, rempli de délices, qui m'a été offert par un admirateur secret.

— Et moi, je meurs de faim! s'écrie Zazz perché à l'avant du bateau.

— Moi aussi, admet Sabine. Zazz, chuchote-t-elle, n'attendons pas d'être arrivés aux chutes. Dégustons un morceau de chocolat tout de suite.

— Oh, oui! J'adore le chocolat! s'exclame Zazz en se frottant le bout des pattes l'une contre l'autre.

Sabine ouvre le panier. À peine ses doigts ont-ils touché la nourriture que le bateau bouge en tous sens.

— Holà! s'écrie Zazz en tombant à la renverse au fond du bateau et en se pliant une antenne. Qu'est-ce que c'était?

— Je n'en sais trop rien, répond Sabine.

Bang!

Quelque chose frappe de nouveau l'embarcation.

— On dirait qu'on veut nous faire couler, déclare Gurt en ramenant sa rame dans le bateau.

— Les farfadets des eaux doivent nous jouer un tour, annonce Sabine en regardant dans l'eau afin d'apercevoir leurs ombres.

— Si les farfadets ne veulent pas que tu les voies, princesse, tu ne les verras pas, souligne Zazz en s'acharnant sur son antenne pour la redresser.

— Je vais essayer de les appeler, fait Sabine en plaçant ses mains en coupe autour de sa bouche. Youhou? Il y a quelqu'un?

Rien.

La princesse Saphir se penche au-dessus de l'eau. Soudain, elle voit deux énormes yeux jaunes juste sous la surface.

Sabine pousse un cri de frayeur et tombe à la renverse, évanouie.

Le monstre du lac Bleu

— Sabine, réveille-toi!
s'exclame Diane en éventant le
visage de sa sœur avec une
grande feuille verte.

Zazz voltige nerveusement au-dessus de
leurs têtes.

— La princesse va-t-elle s'en tirer?
s'inquiète-t-il.

— Dois-je aller chercher de l'aide?
demande à son tour Gurt en montrant le
palais Saphir.

— Non, attendez! fait la princesse Émilie en aspergeant le visage de sa sœur avec un peu d'eau froide. Sabine, ouvre les yeux!

— Une tête! hoquette Sabine en battant des cils. Sous l'eau... j'ai vu une tête aussi grosse que ce bateau.

— Je vais voir ce que c'était! lance Gurt en plongeant par-dessus bord et en disparaissant aussitôt.

Diane tend à Sabine une tasse de nectar de miel.

— À quoi ressemblait ce visage? s'enquiert-elle.

Sabine accepte le breuvage et s'assied lentement.

— Eh bien, il était énorme et gris... et couvert de bosses.

— Avait-il une bouche? demande Émilie.

— Oui, fait Sabine. Avec des dents qui

semblaient être aussi aiguisées que des lames de rasoir.

— Et son corps? questionne Zazz, perché sur l'épaule de Sabine. L'avez-vous vu?

— Non, je ne l'ai pas vu, répond Sabine en sirotant le nectar, mais si sa tête est aussi grosse que cette embarcation, son corps doit équivaloir au moins à dix bateaux.

Zazz fronce les sourcils.

— Il n'y a rien d'aussi gros dans le lac, sauf... le monstre du lac Bleu! s'exclame-t-il en ouvrant de grands yeux.

Un gros plouf! se fait entendre juste derrière eux. Tous sursautent. Le conseiller agrippe le bord du bateau avec ses longs bras verts.

— J'ai vu une ombre, souffle-t-il. J'ai bien essayé de la suivre, mais elle a disparu dans la région des eaux sombres.

Cette région est délimitée par une étendue

d'eau aussi noire que de l'encre, où jamais personne ne s'aventure. Elle est très profonde et il y fait très froid.

— Alors, s'écrie Zazz les yeux aussi grands que des feuilles de nénuphar, c'était bien le monstre du lac Bleu!

— Qu'est-ce que c'est que cette histoire de monstre, gronde Sabine en tapotant du bout du doigt la tête de Zazz. Je n'en ai jamais entendu parler.

— C'est terrible, tout simplement terrible, affirme Zazz en frissonnant.

— Le monstre est là depuis toujours, explique Gurt. Certains disent qu'il s'agit d'un démon méchant qui provient du temps du règne du seigneur des Ténèbres.

— Le seigneur des Ténèbres! s'exclame Diane. Comme c'est horrible!

Le seigneur des Ténèbres et ses dracpeurs ont jadis été bannis du royaume des Joyaux.

La reine Emma et le roi Renaud leur ont succédé sur le trône. Après avoir divisé le royaume, ils ont offert un domaine et un joyau à chacune de leurs filles.

— Si ça a quelque chose à voir avec le seigneur des Ténèbres, ça doit être horrible et vilain, déclare Émilie en serrant les mains de sa sœur entre les siennes.

— Je ne sais pas, répond Gurt en haussant les épaules. Je n'ai jamais entendu dire que le monstre ait blessé qui que ce soit.

— Alors, c'est peut-être un monstre gentil, s'écrie Sabine.

— Tu as pourtant dit qu'il était tout gris et qu'il avait des dents féroces, fait remarquer Zazz en approchant son visage de celui de la jeune fille. Un être aussi laid ne peut être que méchant.

— Je pense que tu devrais prévenir les habitants de ton domaine, prévient Diane.

Sabine n'aime pas sauter aux conclusions. Elle préfère réfléchir à la situation avant d'agir.

— Je n'ai vu qu'une tête, rappelle-t-elle. C'était peut-être juste un farfadet qui nous jouait un tour pour nous effrayer.

— Ils en ont la réputation, acquiesce Zazz.

— Nous sommes presque arrivés aux chutes, déclare Sabine à ses sœurs et à ses amis. Pourquoi ne pas discuter de tout cela pendant le pique-nique?

Elle prend le panier de pique-nique et l'installe sur ses genoux. Soudain, une énorme tête grise brise la surface de l'eau.

— Le monstre du lac Bleu! crie Zazz.

Le monstre ouvre les mâchoires et laisse entendre un terrible rugissement.

Sabine laisse tomber le panier et prend la bourse qu'elle porte à la taille. Elle contient la poudre magique que le grand magicien

Gallivant lui a offerte. Elle en lance sur elle et sur ses invités.

«*De l'eau à l'air, de plus en plus haut, montons!*» récite-t-elle en tendant un bras vers le ciel.

Aussitôt Sabine, Émilie, Diane et Gurt s'élèvent dans les airs juste au-dessus de la tête du monstre, tandis que Zazz voltige autour d'eux.

Sabine voit alors sous l'eau l'ombre sombre du monstre. Il semble encore plus gros qu'elle ne l'avait imaginé. Son corps s'étend sur la moitié du lac.

— Que faire, princesse Sabine? Où aller? s'écrie Zazz.

La princesse Saphir regarde le palais qui se dresse, tel un pont, au-dessus du lac Bleu.

— Diane et Émilie, volez jusqu'à mon palais avec Gurt. Zazz, viens avec moi.

— Où veux-tu donc aller? s'inquiète Diane.

— Voir les cigognes, déclare Sabine. Elles sauront quoi faire.

3

Les cigognes du marais

Les cigognes vivent dans un marais brumeux. Il y fait toujours humide et un nuage vert pâle le surplombe.

— Sage est le chef des cigognes, explique Sabine tandis qu'ils glissent sur l'eau du marais. Nous devons lui parler.

— J'espère que nous allons bientôt le trouver, marmonne le papillon en s'agrippant à la manche de Sabine. Ce marais est froid et terrorisant. On ne voit rien devant soi.

— Ne t'inquiète pas, mon ami. Tu n'as rien à craindre, le réconforte Sabine.

Soudain, un oiseau aux longues pattes jaunes et au corps mince couvert d'un plumage bleuté surgit du brouillard comme par magie. Ses gros yeux globuleux les regardent à travers d'épaisses lunettes cerclées d'or.

— *Sage!* s'écrie Sabine.

— Avez-vous été là pendant tout ce temps? s'étonne Zazz en se perchant sur l'épaule de Sabine. Je ne vous ai pas vu.

— Toutes les cigognes sont ici, répond Sage en montrant d'une aile les massifs de joncs autour de lui.

Soudain, Sabine voit effectivement des douzaines de cigognes qui se tiennent bien droites et immobiles.

— Nous avons entendu, de par les eaux, que vous étiez inquiète au sujet de la créature

du lac, raconte Sage en la regardant avec solennité.

— Ce n'est pas une créature, lance Zazz. C'est un monstre terrible.

— Zazz! réprimande Sabine en donnant du bout des doigts des petites tapes sur la tête du papillon. Surveille tes paroles. Rien ne nous dit qu'il est terrible.

— La princesse a raison, approuve Sage. Ne sautons pas trop vite aux conclusions. Cette créature vit dans le lac Bleu depuis fort longtemps.

— Est-elle plus vieille que les cigognes? demande Zazz.

— Beaucoup plus vieille, affirme Sage. Elle y vit depuis le commencement.

— C'est pour ça qu'elle est si grosse, chuchote Zazz à l'oreille de Sabine. Elle n'avait rien d'autre à faire que de grossir!

— Cela fait une éternité qu'elle ne s'est pas

montrée à des êtres humains, explique Sage en regardant par-dessus ses lunettes. Il doit y avoir une explication à ça.

— Bien sûr qu'il y en a une, bredouille Zazz. Cet horrible monstre a été envoyé par le seigneur des Ténèbres pour s'en prendre à notre princesse.

Sabine veut dire que ce n'est pas vrai, mais elle doit admettre que cette créature lui a vraiment fait peur.

— Elle a attaqué mon bateau, raconte Sabine. Ensuite, elle a surgi de l'eau et elle a poussé un rugissement terrible.

— Hum... ça ne me dit rien qui vaille, marmonne Sage. Je dois en discuter avec les autres cigognes.

En un éclair, toutes les cigognes disparaissent.

— Crois-tu qu'elles sont encore là? chuchote Zazz.

— Oui, répond Sabine sur le même ton. Je ne les vois pas, mais je sens leur présence.

— Retournez à votre palais, Princesse, dit Sage en revenant. Nous tenterons de discuter avec la créature du lac.

— Merci. Je ferai selon vos désirs, répond Sabine en s'inclinant devant le chef des cigognes.

— Que voulez-vous dire par « Je ferai selon vos désirs», Princesse? demande Zazz sur le chemin du retour. Sage veut que nous restions assis à ne rien faire!

— Nous devons en savoir davantage sur cette créature avant d'effrayer les habitants, explique Sabine. Promets-moi de garder le secret.

— Trop tard! s'écrie le papillon lorsque le palais est en vue. On dirait bien que le secret a été révélé.

Sabine baisse la tête. L'eau autour du

palais est remplie de nymphes et de serviteurs. Ils agitent de longues baguettes de saule dans les airs. Des Échassiers aux grands pieds patinent sous le pont-levis, en tenant des avirons. Même les farfadets des eaux, pâles et fantomatiques, se sont joints au rassemblement.

— Nous devons unir nos forces pour nous débarrasser de ce monstre! crie Gurt du milieu de la foule.

— Oui, trouvons le monstre! hurle à son tour la foule.

— Lorsqu'il tombera entre nos mains, nous le tuerons! poursuit Gurt

Sabine sent la peur l'étreindre en entendant la foule scander : «Tuons la bête!»

La chasse au monstre

La princesse Sabine et ses sœurs sont blotties les unes contre les autres près de la fenêtre de la chambre. Elles peuvent voir la foule qui garde le palais, juste en dessous.

— Les habitants sont gentils de vouloir me protéger ainsi, remarque Sabine. Mais je suis inquiète.

— Moi aussi, je suis inquiète, avoue la princesse Diane. Ce monstre pourrait faire d'énormes ravages.

Sabine s'appuie contre le chambranle de la fenêtre ouverte. Elle réfléchit aux paroles de Sage.

— Pourquoi ce monstre qui vit paisiblement depuis tant d'années se manifeste-t-il soudainement? demande-t-elle à ses sœurs.

— Il a peut-être quelque chose à te dire, suggère Émilie.

— C'est justement ce que je pensais, avoue Sabine. Mais quoi?

— Je crois qu'il veut que tu rentres au palais des Joyaux, déclare Diane. Et à ta place, c'est ce que je ferais.

— Je ne peux pas m'en aller, Diane, répond Sabine en serrant la main de sa sœur. Je suis responsable de cette région. Lorsque j'ai été couronnée princesse Saphir, j'ai promis de protéger le lac Bleu et tous ses habitants.

— Même *cette* bête? demande Émilie en montrant le lac.

Sous la surface de l'eau, on devine le monstre du lac Bleu qui est aussi gros qu'un navire.

Diane recule de quelques pas.

— J'ai peur, Sabine! s'exclame-t-elle. Pourquoi est-il venu au palais?

Sabine regarde l'ombre nager à toute vitesse vers le pont-levis.

— Il va foncer sur les habitants, s'écrie-t-elle. Je dois l'en empêcher!

— Comment? s'écrie Émilie. Tu n'es qu'une jeune fille et cette bête est monstrueuse.

— Je dois faire quelque chose, déclare Sabine en grimpant sur le bord de la fenêtre pour mieux voir.

— Les serviteurs et les nymphes ne le voient même pas!

— Attention, petite sœur, tu pourrais tomber, prévient Émilie en saisissant Sabine

par la cheville.

— J'ai trouvé, s'écrie Sabine les yeux brillants d'excitation. Je vais sauter par la fenêtre et le distraire.

— Mais il va t'avaler tout rond, prévient Diane.

— Je ne vais pas sauter dans l'eau, explique Sabine en montrant la petite bourse qu'elle porte à sa ceinture. Je vais utiliser ma poudre magique et voler au-dessus de l'eau.

— Et le monstre va te suivre, termine Émilie.

— C'est ça, acquiesce Sabine en souriant.

— As-tu suffisamment de poudre pour traverser le lac, s'inquiète Diane.

— Si jamais j'en manque, réplique Sabine, alors, je suppose que je devrai nager.

— Oh, non! s'écrie Diane en se cachant le visage dans ses mains.

— Je vais l'attirer près du saule pleureur, explique Sabine. Il sera peut-être pris dans le tourbillon et disparaitra pour toujours.

Soudain, l'ombre sous l'eau s'immobilise et se tourne lentement. Deux énormes yeux brisent la surface de l'eau. Ils fixent Sabine.

— Je n'aime pas ton plan, Sabine, avoue Diane d'une voix tremblante. S'il te plaît, descends!

Sabine est incapable de détacher ses yeux de ceux du monstre.

— Je ne peux pas, murmure-t-elle. Il me surveille.

Avec des gestes lents, Sabine ouvre la petite bourse à sa taille et prend avec précaution une pincée de poudre magique. Tout en ce faisant, elle chuchote des instructions à ses sœurs.

— Lorsque je serai partie, vous irez toutes les deux dans la cour et vous vous occuperez des habitants. Dites-leur de rester à terre. Nous savons que le monstre ne s'y aventurera pas.

Soudain, le monstre sort la tête de l'eau. Ses énormes dents pointues brillent sous le soleil.

Il va m'attraper! se dit Sabine, en manquant tomber à la renverse dans la pièce.

— Elle se sent mal! s'écrie Émilie.

— Non, je ne me sens pas mal! s'empresse d'affirmer Sabine en fermant les yeux et en se convainquant d'être brave.

Elle agrippe le chambranle de la porte d'une main et affronte le monstre.

— Sois raisonnable, supplie Diane. Tu dois te protéger!

— Je le ferai, promet Sabine tout en jetant la poudre magique en l'air. Mais avant, je dois sauver les habitants du royaume.

5

Une étincelle de lumière

Sabine regarde en bas et sourit. Son plan fonctionne. Le monstre la suit.

Elle vole plus près de l'eau pour être certaine que le monstre ne la perde pas de vue. L'immense masse sombre suit chacun de ses mouvements. Si elle tourne, la bête tourne aussi. Si elle vole plus vite, la bête nage plus vite.

De l'autre côté du lac, près du saule pleureur, s'étend une région d'eau

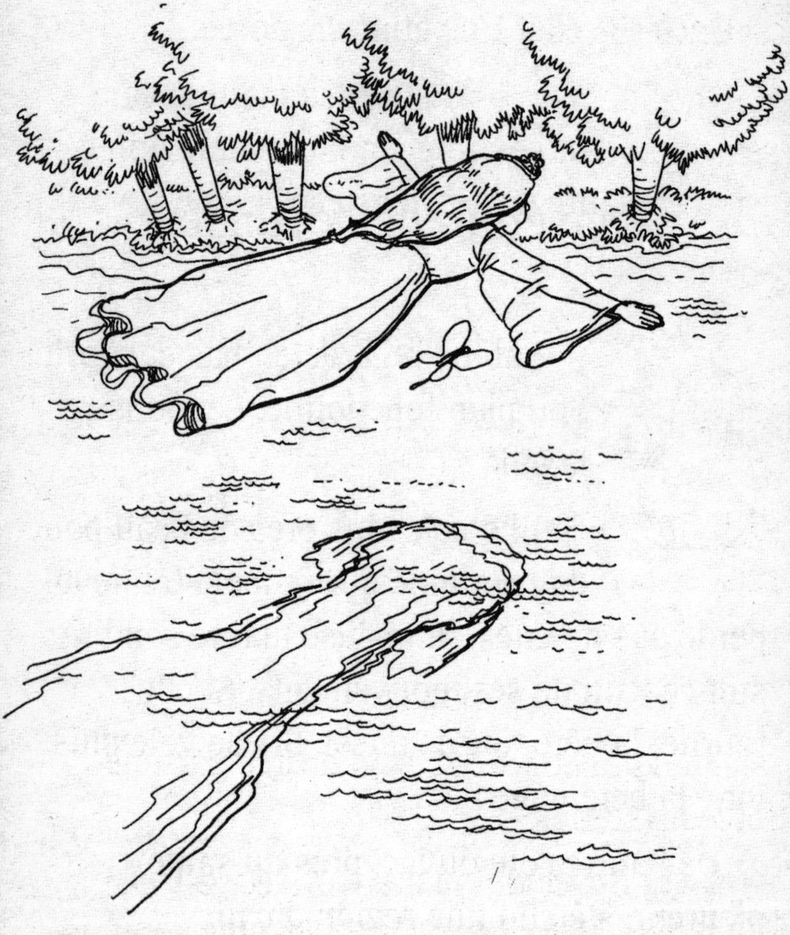

bouillonnante. C'est le tourbillon. Sabine est sur le point de s'en approcher lorsque quelque chose retient son regard.

Une étincelle! Une étincelle dorée.

La princesse Sabine met sa main devant ses yeux pour se protéger. La lumière dorée est aveuglante. D'où vient-elle?

Un éclair!

Il s'en produit un nouveau. Sabine regarde vers la rive.

— Mon bateau! s'écrie-t-elle.

L'embarcation est prise dans les roseaux, près des chutes du Bonnet bleu. Cette lumière dorée provient de son bateau!

À l'intérieur, le panier en or luit.

Soudain, Sabine se sent attirée par une force mystérieuse.

— Qu'est-ce qui m'arrive? s'écrie-t-elle tandis que la lumière l'attire de plus en plus près de la rive.

Lorsqu'elle arrive au-dessus du bateau, le panier en or saute dans ses mains.

— Sapristi! s'exclame-t-elle, surprise.

Sabine atterrit en douceur sur la rive verdoyante. Pendant un instant, elle oublie le monstre du lac et ne pense qu'au panier en or.

Elle s'agenouille, dépose le panier devant elle puis, avec précaution, soulève le couvercle.

— Oh! fait-elle.

Dans le panier, entouré d'un joli ruban bleu saphir, la princesse trouve la plus belle poire qu'elle ait jamais vue. La peau du fruit brille comme de l'or poli.

Elle ne peut s'empêcher de la fixer et de saliver. Ses doigts se crispent nerveusement.

— Je dois la manger, murmure-t-elle en saisissant le fruit.

Elle est sur le point de croquer dans la poire quand elle entend un énorme plouf! dans le lac.

— Noooon! rugit le monstre en bondissant hors de l'eau.

Il s'élève dans les airs et s'élance vers le visage de Sabine, les mâchoires grandes ouvertes. La princesse reste figée sur place, la poire dans les airs.

Ça y est! il va m'avaler, se dit-elle en fermant les yeux. Mais elle ne sent qu'un petit coup sur ses doigts.

Lorsqu'elle ouvre de nouveau les yeux, Sabine regarde, étonnée, sa main vide.

— Ma poire! s'exclame-t-elle.

Le monstre du lac n'en a fait qu'une bouchée. Soudain, sa peau grise tourne au vert. Puis, elle prend une teinte jaune.

La créature se balance dans un mouvement de va-et-vient et ses yeux se révulsent.

Lentement, très lentement, elle s'affaisse vers l'avant.

C'est d'abord le corps qui touche le sol, puis son long cou s'allonge sur l'herbe suivi de sa tête dont le museau se pose sur les genoux de la princesse.

La poire empoisonnée

Sabine regarde la tête du monstre du lac. Elle est aussi grosse qu'un bateau. La bête est allongée de tout son long, les yeux clos. Elle respire avec difficulté.

Prudemment, la princesse lui touche le museau. La peau jaunâtre est aussi douce qu'un pétale de fleur.

Le monstre pousse un profond soupir.

— Pauvre monstre! s'exclame Sabine. Tu es malade.

La respiration de l'animal se fait plus lente.

Sabine se sent émue pour cette bête qui lui semble si triste et si désemparée.

— Voilà la princesse! crie une voix derrière elle. Le monstre s'est emparé d'elle.

Sabine se retourne et voit ses sœurs arriver au pas de course, les habitants du lac Bleu sur les talons.

— Ne t'inquiète pas, Sabine, nous venons à ton secours! crie Émilie en relevant sa jupe et en accourant pour aider la princesse Saphir.

— Plus vite! courez plus vite! ordonne Zazz le papillon, perché sur son épaisse chevelure rousse.

Gurt et plusieurs autres serviteurs bondissent derrière Émilie et Zazz, en brandissant des tiges de saule dans les airs.

— Sauvons la princesse! hurle Gurt. Tuons le monstre!

— N'avancez pas! ordonne la princesse Sabine en serrant la tête du monstre dans ses bras.

Elle appuie sa joue contre la peau de la bête. C'est à peine si elle peut l'entendre respirer.

— Cette créature est malade. Je vous en prie, ne lui faites aucun mal.

Tous s'arrêtent immédiatement. Ils n'en croient pas leurs oreilles.

— Mais... je ne comprends pas, s'étonne Émilie. Je croyais que ce monstre te voulait du mal.

Les yeux tristes, Sabine regarde sa sœur.

— Moi aussi, je le croyais. Mais il voulait m'aider.

Zazz vole au-dessus du panier en or qui s'est renversé. Les poires ont roulé sur le sol. Tout autour, il ne voit que des mouches et des fourmis mortes.

— Regardez! s'écrie-t-il. La nourriture...
elle était empoisonnée!

— Je savais que quelque chose n'allait pas,
s'écrie Diane. Ce cadeau ne provenait pas d'un
admirateur secret.

— C'était plutôt d'un ennemi secret, précise
Émilie.

— Ce panier était pourtant si beau!
marmonne Zazz.

— Tu savais que cette poire était
empoisonnée, n'est-ce pas? demande Sabine
en caressant la tête du monstre. Tu l'as
mangée pour me sauver la vie.

Sabine réfléchit à la toute première fois que
le monstre a heurté son bateau. C'était
lorsqu'elle avait touché le panier en or. Et
lorsqu'elle et Zazz avaient décidé de prendre
un morceau de chocolat, il avait surgi de l'eau
et avait rugi.

— Nous nous sommes tous trompés, déclare Sabine à son peuple. Cette bête n'a jamais voulu me faire de mal. Elle a agi dans le seul but de m'aider.

Le monstre gémit. Sa tête roule sur le côté. Sabine sait qu'il souffre terriblement.

— Pauvre bête, dit-elle les larmes aux yeux. Si seulement je pouvais t'aider.

— Tu le peux sûrement, fait une voix portée par le vent.

Sabine lève la tête et regarde vers le lac. Sage est là, à moitié caché par les roseaux.

— Au pied des chutes du Bonnet bleu pousse une minuscule fleur violette, explique la cigogne. Cette fleur possède un pouvoir de guérison unique. Mais tu dois faire vite, car il ne reste plus beaucoup de temps.

Sabine pourrait demander à Gurt ou à Zazz d'aller aux chutes, mais elle préfère y aller elle-même.

Le monstre lui a sauvé la vie. Elle veut lui rendre la pareille.

L'esprit du lac Bleu

La fleur violette ne pousse qu'à un seul endroit derrière les chutes. Sans hésiter, Sabine plonge dans les eaux bouillonnantes, va cueillir une fleur et rentre le plus vite possible.

Dès son retour, elle s'agenouille près du monstre. Sa robe trempée lui colle au corps et ses cheveux blonds lui dégoulinent dans le dos. Mais elle n'en tient pas compte.

Il lui faut toute sa force pour réussir à ouvrir les puissantes mâchoires du monstre afin de déposer la fleur magique sur sa langue.

— Avale, supplie-t-elle. Ça va te guérir.

Émilie, Diane, Zazz et les habitants du lac se tiennent à distance respectueuse. Même si le monstre est malade, ils ne lui font toujours pas confiance.

Sabine caresse le front du monstre.

— Avale, je t'en prie, dit-elle. Je veux que tu vives. Tu *dois* vivre.

Après quelques secondes, le monstre finit par déglutir.

— Bravo! s'exclame Sabine. Maintenant, détends-toi et laisse le pouvoir magique de la fleur opérer.

Sabine et ses amis veillent le monstre. Une éternité semble s'écouler avant que le remède commence à agir. Puis, lentement, la peau reprend sa teinte gris foncé.

Sabine caresse toujours la tête du monstre dont la respiration se fait de plus en plus régulière.

— C'est bien, fait-elle tendrement. Tu vas mieux. Je peux le voir.

Le monstre émet un grognement rauque. Tous les habitants du lac reculent.

— Fais attention, Sabine! prévient Diane.

Sabine ignore sa sœur et continue à caresser le museau et le front du monstre.

À chaque inspiration, il semble reprendre des forces. Soudain, son corps se contracte et ses paupières frémissent.

— Il se réveille! annonce Sabine.

Diane, Émilie et les autres reculent encore d'un grand pas.

Sabine retient son souffle.

Finalement, le monstre ouvre les yeux. Il regarde Sabine et de grosses larmes roulent de ses yeux jaunes.

— Ne me regardez pas, princesse, dit la bête d'une jolie voix musicale. Je suis bien trop laide.

Sabine est surprise. Le monstre du lac est une fille.

— Mais... Tu n'es pas laide du tout! s'écrie Sabine. Tu es merveilleuse.

Le monstre pousse un profond soupir, rempli de tristesse.

— Il fut un temps où, effectivement, tous m'auraient trouvée fort jolie. C'était avant que le seigneur des Ténèbres et les dracpeurs règnent sur ce royaume.

— Tu veux dire que tu n'as pas toujours eu cette apparence? demande Sabine.

— Oh, non! répond le monstre de sa jolie voix. J'étais une sirène avec de jolis yeux aussi verts que la mer et une peau de la couleur des perles. Je suis Ouna.

— Ouna! s'exclame Zazz. J'ai entendu raconter les histoires d'Ouna.

— Ouna est l'Esprit du lac Bleu, précise Gurt. On dit qu'elle l'habite depuis le début des temps.

— C'est vrai! C'est vrai! acquiesce Ouna.

— Alors pourquoi ne t'avons-nous jamais vue et n'avons-nous jamais entendu parler de toi? demande Sabine.

— Parce que je suis un monstre, soupire Ouna en secouant la tête. Le seigneur des Ténèbres m'a jeté un sort. Ensuite, lorsque j'ai tenté de parler à mes amis, je leur ai fait peur. Ils se sont tous sauvés.

— Mais nous ne nous serions pas sauvés... commence Sabine.

Elle s'arrête soudain, se rendant compte qu'elle et les habitants de la région ont bel et bien, eux aussi, fui Ouna. Tous étaient prêts à la tuer en ne se basant que sur son apparence.

— Nous avons fait une erreur, admet Sabine en regardant la foule. Nous pensions que le contenu du panier de pique-nique était bon parce que le panier était très beau.

— Nous avions tort, s'écrie Zazz posé sur la tête de Sabine.

— Et nous pensions, à cause de ton apparence qui était différente de la nôtre, que tu étais méchante, poursuit Sabine.

— Et là encore nous avions tort, avoue Gurt.

Sabine s'agenouille devant l'énorme bête. Diane, Émilie et tous les habitants du lac Bleu font de même.

— Chère Ouna, acceptez-vous nos plus sincères excuses? demande Sabine.

Le coin des lèvres d'Ouna se retrousse comme pour sourire.

— Bien sûr, ma princesse. Permettez-moi de vous avouer qu'après toutes ces années où je me suis cachée dans les eaux sombres, je peux enfin dire que je suis heureuse.

Tout le monde applaudit. Sabine se relève et s'exclame :

— Comme j'aimerais célébrer ce moment par un festin!

— Nous avons la vaisselle, les nappes et les napperons, Princesse, déclare Gurt en s'avançant.

— Et tous les invités sont présents, précise Zazz.

— C'est vrai, mais nous n'avons rien à manger, fait remarquer Sabine en montrant le panier de pique-nique. Pas une seule miette.

Soudain, une ombre noircit le ciel. Elle plonge par-dessus leurs têtes et soulève un tourbillon de vent.

— Regardez! s'écrient les habitants du lac en levant la tête et en se blottissant les uns contre les autres tant ils ont peur.

Sabine lève la tête, effrayée. Mais sa peur se transforme bien vite en joie. Elle se glisse près de ses sœurs et leur montre le ciel.

— Regardez qui est là! s'écrie Émilie en riant.

Diane ouvre un œil et regarde le ciel.

— Enfin! soupire-t-elle. Il est temps!

8

Les quatre joyaux de la couronne

Un immense dragon crachant du feu tourne en rond au-dessus de la foule. Sur son dos, Roxanne, la princesse Rubis, rit et agite la main.

Dès que le dragon touche le sol, Sabine court accueillir sa sœur.

— Enfin, te voilà!

Roxanne porte une robe rubis, des gants et une cape rouges. Elle lance sa cape par-dessus son épaule et serre Sabine contre elle.

— Je suis si heureuse de te voir. Ai-je manqué quelque chose?

— Manqué quelque chose? répète Diane tandis qu'elle rejoint ses sœurs en courant, suivie d'Émilie. Nous avons vécu une grande aventure pendant que nous t'attendions.

— Oh, nous adorons les bonnes aventures, n'est-ce pas Joyeux? s'exclame Roxanne en regardant, les yeux brillants, le dragon vert et rouge.

Joyeux est l'ami de Roxanne et le conseiller du palais. Il demeure avec la princesse Rubis, dans les montagnes Rouges.

Le dragon acquiesce tout en s'inclinant cérémonieusement devant Roxanne.

— Ma Princesse, déclare-t-il, la vie auprès de vous est une grande aventure. J'aime beaucoup ça. Ça me garde jeune.

— C'est bien, Joyeux, répond Roxanne en caressant le cou du dragon.

— Regarde, nous sommes enfin toutes réunies, s'écrie Émilie en posant son bras autour des épaules de sa sœur.

— Oui, soupire Sabine en regardant fièrement ses sœurs. Nous sommes toutes là, les quatre joyaux de notre royaume.

— Maintenant, s'écrie Diane, nous avons deux raisons de célébrer. C'est vraiment dommage que notre pique-nique soit à l'eau!

— Qu'est-il arrivé? s'informe Roxanne.

Les trois autres sœurs se regardent. Sabine prend la parole en premier.

— C'est une très longue histoire. Disons simplement que le contenu de notre panier de pique-nique était empoisonné.

— Qui a fait ça? demande Roxanne.

— Le seigneur des Ténèbres et ses dracpeurs, répond Diane en baissant la voix.

— Oh! s'exclame Roxanne. En volant

jusqu'ici, nous avons survolé la forêt Mystérieuse. Joyeux est certain d'y avoir vu plusieurs dracpeurs s'enfuir dans les bois.

— Ils portaient des capes noires et ils n'avaient pas l'air de bonne humeur, précise Joyeux.

— Ils étaient fâchés parce que leur horrible tour n'a pas fonctionné, lance Diane. Ils ont tenté d'empoisonner Sabine!

— Une chance qu'Ouna était là pour me sauver, déclare Sabine.

— Ouna? répète Roxanne. Qui est Ouna?

Sabine montre du doigt l'endroit où la créature du lac est censée se reposer. Elle n'y est plus.

— Elle était là, tout près de la rive, mais elle est partie, explique Sabine. J'espère qu'elle ne s'est pas enfuie.

— Elle est timide à cause de son apparence, murmure Émilie.

— À quoi ressemble-t-elle? demande Roxanne sur le même ton.

Les trois princesses réfléchissent quelques instants afin de trouver les mots exacts pour décrire la créature du lac.

Avant, Sabine aurait décrit Ouna comme étant un monstre gris plein de bosses avec des dents pointues féroces. Mais maintenant, lorsqu'elle pense à Ouna, elle n'a envie de parler que de ses yeux.

— Elle a de grands yeux dorés, dit-elle, remplis de chaleur et de bienveillance. Mais il y a aussi une touche de tristesse en eux. Sa peau est aussi douce et veloutée qu'un pétale de rose.

— Elle est énorme, ajoute Diane. Plus grosse que Joyeux. Par contre, dans l'eau, elle est d'une agilité incroyable.

— Elle nage très vite et avec beaucoup de grâce, précise Émilie. Elle croit qu'elle est horrible, mais nous, nous la trouvons merveilleuse.

Sabine est contente de voir que ses sœurs ont changé d'idée au sujet du monstre du lac Bleu. Maintenant qu'elles connaissent Ouna, elles l'admirent et elles l'aiment.

— Comme c'est dommage que nous n'ayons pas de nourriture, soupire Sabine en regardant vers le lac. J'aurais aimé qu'Ouna nous tienne compagnie pendant le pique-nique.

— Si c'est de la nourriture qu'il vous faut, s'écrie Roxanne, j'ai tout ce qu'il faut. Joyeux, montre à mes sœurs ce que nous avons apporté.

Joyeux déploie une de ses grandes ailes rouges sous laquelle se trouvent deux gros paniers de pique-nique.

— Joyeux nous a préparé un véritable festin, explique Roxanne. Il y en a assez pour tous.

Sabine ne peut s'empêcher de taper des mains.

— Quelle bonne idée! s'exclame-t-elle. Zazz! Va vite prévenir tout le monde que le pique-nique va commencer. Il me reste quelque chose à faire.

Zazz vole prévenir les habitants qui font la sieste près des saules. Puis il s'empresse d'aller voir les nymphes qui s'ébattent dans l'eau au pied des chutes du Bonnet bleu. Il se précipite ensuite pour prévenir les Échassiers qui patinent au bord de la rive du lac Bleu.

Gurt étend une nappe sur l'herbe et sort la vaisselle tandis que Diane, Émilie et Roxanne déballent les paniers de pique-nique.

Pendant que tous se préparent à festoyer, Sabine cherche Ouna.

Elle la trouve dans les eaux troubles près du saule pleureur. Elle tient le panier de pique-nique en or dans sa gueule.

— Que fais-tu? s'étonne Sabine. Tu sais bien que le contenu de ce panier est empoisonné...

Ouna dépose le panier sur un morceau de bois flottant.

— Je l'emporte à l'embouchure du lac.

— Dépassé les eaux sombres? s'étonne Sabine.

— Oui. Je veux qu'il soit à un endroit tellement profond que personne ne puisse jamais le trouver.

— Ne viens-tu pas au pique-nique avant? demande Sabine. Roxanne a apporté un véritable festin.

— J'aimerais bien me joindre à vous, répond tristement Ouna. Un jour, peut-être. Mais pour l'instant, j'ai autre chose à faire. Je veux être certaine que le seigneur des Ténèbres ne blesse personne d'autre de notre beau lac.

Sabine monte sur le bois flottant pour être près de la créature du lac, et elle la serre contre elle.

— Tu nous as beaucoup aidés. Comment te remercier pour ta gentillesse?

— J'ai été seule pendant si longtemps, soupire-t-elle. Le plus beau cadeau que vous puissiez me faire, c'est de m'offrir votre amitié.

— Tu l'as déjà, affirme Sabine. Et tu l'auras toujours.

Ouna saisit le panier et plonge dans l'eau.

Sabine regarde la surface ridée de l'eau, là où Ouna vient de plonger.

Et pendant une fraction de seconde, elle est certaine d'avoir vu une superbe sirène aux yeux couleur de l'océan et à la peau couleur de perle.

Table des matières